草色遥看

王彩凤 著

春风文艺出版社
·沈阳·

图书在版编目（CIP）数据

草色遥看 / 王彩凤著. -- 沈阳：春风文艺出版社，2024.12. -- ISBN 978-7-5313-6880-9

Ⅰ.I227

中国国家版本馆 CIP 数据核字第 20240DA405 号

春风文艺出版社出版发行
沈阳市和平区十一纬路 25 号　　　邮编：110003
四川科德彩色数码科技有限公司印刷

责任编辑：孟芳芳	责任校对：赵丹彤
装帧设计：书香力扬	幅面尺寸：145mm×210mm
字　　数：173 千字	印　　张：7.125
版　　次：2024 年 12 月第 1 版	印　　次：2025 年 1 月第 1 次
书　　号：ISBN 978-7-5313-6880-9	定　　价：48.00 元

版权专有　侵权必究　举报电话：024-23284292
如有质量问题，请拨打电话：024-23284384

撒在时光里的种子

雪 铓

诗歌是一束光,诗人自带光芒,诗人用诗句构筑心灵的殿堂,与大地万物对话,内心清醒,明亮,迸发无比热情。他们和常人一样生活,有着平凡的生活轨迹,却有异于常人的生命体验,这些鲜活的生命历程成就诗人的诗学特征。彩凤现从事教育,边工作,边写诗,所有生活日常都融入她的诗歌写作,因此她的诗里有岁月的浓浓印记,有丰富的精神体验。正是这些让她的诗具有了温度和厚度,可感可触,有不凡的精神导向,让人读后有感发和思考。

彩凤像酷爱生命一样爱好诗歌写作,无论工作生活多么繁忙,都一直坚持。每个成熟的写作者都有自己独特的表达方法和相对集中的写作主题,综观彩凤的诗歌,可以看到她对人生、生命,以及世间万物的审视和省察,从中找出让她仰止的部分,亦即亮点与意义,成就诗歌的高度。同时,把写作渗透到生活、生存、自然事物方方面面,细腻的情感和宽阔的思维,彰显了作品的宽度。她的诗具有个性的情感和思想深度,把生活中的体验转化为诗性的语言和思想，加以提炼和提升，抵达了诗歌情感的内核与维度。

在这本诗集里，可以看到她对语言的高度要求，用心炼字、造句，每个字句都有深意，都无可替代，在平淡叙述中找到属于自己的言说方式。她的诗乍一看就会让人眼前一亮。如"她温润的眼睛里，住满红色的河流//像火的悲伤——""红色河流"是一种变形化和超感知的书写，引申至火的悲伤，让人有深入的想象，带给读者灵魂的震撼，或许这就是诗歌特有的魅力。

诗集独特的语言表达达到了表意的特殊效果。如"一只寒枝上醒来的鸦/正被私藏进光明"，虚实交叠，普通的鸦成为一种征象，具有深沉的旨意。这样隐秘的表达，诗与灵交相辉映，诗歌有了厚度、质感。她日常语言叙述的背后蕴藏着巨大的精神力量，诗意得到提升，这是一种诗意的建构方式，让读者不自觉地走进诗人深邃的内心世界。"她看了看脚下，如此想象/水波轻轻荡漾开来/十分确定，这里藏着/'我爱的旷野，高山和飞鸟'"，如诗所述，似乎是凝视一朵花的体验，但诗人从中找到"旷野，高山和飞鸟"让思想飞越眼前实像，与内在的心像合而为一。

诗歌立足于生活和自然，追求生命与诗性的高度，从她鲜活的语言中让我们感知到她火热的灵魂，以及孜孜以求的执着。"除了空，她没有什么负担遗留人间"，这种有别于世俗的追求，让我们感受到诗意的空灵，也彰显诗人的境界，这不是常人可以抵达的，因此弥足珍贵。"这地方如此荒凉，抬头就是天/映入眼底的/是久居崖畔上的那株青松"，悬崖上的松寓意一种绝境的生存方式，需要经受更多的磨难与毅力。能从自然万物中提炼出让人敬仰的部分，体现了她看待世间物事的独特视角和洞察能力。

作为一名女性诗人，经受生活的烟熏火燎，但可贵的是，彩凤并没有局限于女性写作的窠臼，她的诗里既饱含女性的细腻情感呈现，更有对人类社会的理性思考，富有质感和张力。不是一味地求同情和怜悯，而是含蓄地运用意象，表达内心真实的情感，让词语与内心达成一致。她在生活中不断锻造、修炼，给读者打开另一扇窗，看到美好和希望。

在二百多首的诗歌创作里，包含对自我的省察和精神规整，这是一种清醒而有意义的写作，有别于无聊呻吟和风花雪月。自救和渡人让诗歌更有含金量。"尽全力，让葵花一样的/孩子经过雨时/掏出身体里潜藏的一种铿锵物质"，在这里，"铿锵物质"道出一种精神意指，亦即一种坚定向上的精神力量，需要我们去践行。又如"你听，万物在拔节/静下来的灵魂/坐在一粒种子里，日益饱满圆润"这些诗句读起来是那么美，一种浸入灵魂的美，让我们的心静下来去聆听万物内部的声音，和万物一起生长，这是诗歌给予的力量，辨识世间美丑，采撷出纯净、温暖的光彩，点亮生活。

敏锐的慧眼，和善良正直的心灵所抒写的情感，丰盈在每一首诗歌中，让人犹如置身一片草色，获得其中真意。"那扼住黑夜的根部，有温水汩汩而歌/它们在人间最低处/囤积辽阔和慈悲"，"辽阔和慈悲"是生命哲学，体现一个人对生命的了悟造化，顺应与创造，这些都需要辽阔的内心与慈悲心怀，博爱万物才不会让心囚于俗世，沾惹尘埃。一个诗人就是行走于尘世的佛，去除内心和世间的喧嚣，让众人都看到明净的风景。

撒在时光里的种子会发芽，长成大树，结出丰硕果实，种子知道这种历程其中的艰辛与喜悦，路过的行人也会感受到果实的丰美。彩凤经过生活打磨和诗性锻炼，在诗歌创作道路上形成自己独特的个人风格，且愈加明晰，这对于一个诗人来说，是十分值得庆幸的事。这本诗集名为《草色遥看》，是作者与自然、社会，以及世间万物生命的旁白、灵魂之间的交流，体现了诗人较高的人生境界和诗学水平，所选诗歌也是诗人多年来的倾心之作，非常值得一读。愿更多的人向这片草色走去，愿彩凤在未来生活和创作中有更多收获。

雪铓，本名王凤琴，居陕西省商洛市，中国作协会员。诗歌、评论散见《诗刊》《星星诗刊》《中国诗歌》《延河》《绿风》《雨时诗刊》《重庆文学》《诗歌风赏》《星河》《神州文学》等刊物。出版诗集《镜中人》《欢喜地走在尘埃里》《把迷途进行到底》。诗作入选《2019华语诗人年选》《华语女子诗选》《汉诗三百首》等多个选本。

目录

专辑一 隐秘的独舞

幸运草 / 003

悬崖 / 004

每一个事物都有自己的故乡 / 005

雪域 / 006

落果 / 007

兜不住的雨 / 008

倒景 / 009

旧时光 / 010

邂逅 / 011

再生 / 012

孤城 / 013

洞见 / 014

沙漏 / 015

秋归 / 016

蝉 / 017

蒲公英 / 018

荆草 / 019

追求 / 020

画弧 / 021

纸风筝 / 022

槐花 / 023

肖像之谜 / 024

景语 / 025

001

冬日 / 026

空心菜 / 027

无题 / 028

多想成为一块黏土 / 029

红栌 / 030

行者 / 031

雪 / 032

远行 / 033

空 / 034

种下一朵花，你的背影就会深刻 / 035

那几朵蓝（组诗） / 036

专辑二 旁观的花朵

像蝉 / 041

镜子 / 042

打核桃 / 043

天地 / 044

秘密 / 045

山鬼 / 046

灯谜 / 047

河水 / 048

小满 / 049

在太阳岛上 / 050

春讯 / 051

野堇菜 / 052

致命的美，终无法企及 / 053

葡萄架下 / 054

宽慰 / 055

一只被饮尽的酒杯 / 056

未写完的小说 / 057

暗恋 / 058

在梨园 / 059

林中的一棵树 / 060

月光女人 / 061

归来 / 062

雨的描述 / 063

一个美丽的地方 / 064

暖冬 / 065

两人对酌山花开 / 066

春探 / 067

痕迹 / 068

初夏 / 069

月夜 / 070

黄花地丁 / 071

陪伴 / 072

风空转着光阴的滑轮（组诗） / 073

爱客居在一朵半掩的花苞（组诗） / 076

003

专辑三 宽阔的河流

林子里的光 / 081

给父亲梳头 / 082

空镜头 / 083

塔尖上的薄雪，向低处融化 / 084

捆白菜 / 085

预知 / 086

秋，推门而入像故人 / 087

浮生 / 088

元宵贴 / 089

旧瓦罐 / 090

寄托 / 091

秋令 / 092

女人梦 / 093

麻雀 / 094

晚秋 / 095

下午茶 / 096

涟漪的圆，套住一个动词 / 097

刨山芋 / 098

仲春的低音区 / 099

喇叭花 / 100

舞台 / 101

此情此景 / 102

中秋 / 103

过河　/　104

高处　/　105

小寒图　/　106

奇迹　/　107

雾　/　108

悲喜集　/　109

幕后　/　110

婆婆纳　/　111

插秧人　/　112

白菊　/　113

冬至　/　114

旧伞　/　115

月半弯　/　116

火焰在一幅画前　/　117

云渡桃雕　/　118

东篱菊花田（组诗）　/　119

一只不能返乡的蝉（组诗）　/　122

专辑四　潦草的异域

依稀可辨的小憩，恍如隔世　/　127

隐居体内的渡口，爱上闲愁　/　128

成子湖的鱼　/　129

读枫　/　130

忍冬　/　131

登山 / 132

界面 / 133

戏子 / 134

暖物 / 135

荡秋千 / 136

十月的哲学 / 137

长焦 / 138

秋深 / 139

原点 / 140

日子 / 141

一条河的律动 / 142

杂耍 / 143

撒在时光里的种子 / 144

空湖 / 145

夕颜花 / 146

孤独者 / 147

不期而遇 / 148

秋日酒词 / 149

马鞭草 / 150

透过雪光 / 151

盛夏的声音 / 152

渡河 / 153

旁白 / 154

扶梯　/　155

边缘　/　156

栖霞寺　/　157

虚度　/　158

黄昏　/　159

水洼　/　160

远处的钟声动了恻隐之心（组诗）　/　161

水上旅行（组诗）　/　165

走在金色阳光下（组诗）　/　169

专辑五　婆娑的草木

葵花园　/　175

白露　/　176

萤火虫　/　177

迎春花　/　178

立夏　/　179

植物童话　/　180

在水中凝视一朵花　/　181

荠菜　/　182

立冬　/　183

铃兰花开　/　184

红枫　/　185

看见芦笛　/　186

插秧　/　187

听鸟叫 / 188

插图里的阵雨 / 189

画圆 / 190

花瓶 / 191

仲夏之夜 / 192

白鹭 / 193

取景框 / 194

初心 / 195

读你,或黑暗中的光 / 196

活着 / 197

最小的绘本 / 198

掩盖 / 199

小生命,或不能承受之轻 / 200

谷雨 / 201

自白 / 202

五月,河岸抱住几滴雨 / 203

盲区,或庙宇 / 204

夜鹭 / 205

允许 / 206

声声慢 / 207

误伤 / 208

良辰 / 209

凌霄花 / 210

专辑一

隐秘的独舞

一只水鸟在河面凌波微步
镜头都被缩短了焦距
余生里，我们还有很多这样的空白，需要填充

幸运草

秋天,风独自来到田埂上
挥别雁行,想起
好看的花朵开在少女的裙裾上

田野一片金黄
稻穗和稗子一同起伏
看得出稻子找到了圆满的意义
田沟上,成片的四叶草依偎于身旁
而稗子,孤单地望向天空

我仿佛听到体内一棵稗子
隐隐的歌声
除了空,她没有什么负担遗留人间

悬崖

仰止一种高度
像鹰,把飞翔的影子倒映其中

一个凌空的人打开自己,与北风紧邻
他一直隐忍不语
更多陡峭的悬念迭起

这地方如此荒凉,抬头就是天
映入眼底的
是久居崖畔上的那株青松

每一个事物都有自己的故乡

河流，绕过身边
赤红色水杉叶，去往冬天的路上
不断下落的水位，留不住叶子上的阳光
和波涛上的翅膀

河道弯弯，沉浸于微凉的暗流
她将不知所终
仿佛落入长河的那枚落日
隔着遥远

雪域

除了弧度里的黑
看不见那座桥所含住的
任何污渍
我喜欢不经喧哗,天空就制造出毫无破绽的欺瞒

一只水鸟在河面凌波微步
镜头帮我缩短了焦距
余生里,我们还有很多这样的空白,需要填充

落果

树梢上,剩下几片怯生生的叶子
被风吹落的果实
只要夹杂一点雨,就会发出惊叫
它需要一双粗粝的手
照料尘世

女人望见了急着往回赶的芦花
回想起春天
桃红柳绿,到处是互相缠绵的姿势
如今,它终于落下来
连绵着阴雨

开成鲜花,和结成果实的人,归途
总是不一样的
或者,仅仅只是相似

兜不住的雨

寺内有一口深井,常年打坐
它的体积太小,功力不够深厚
人间的苦流经这里,井口的颜色
就会加深一层

撞响的钟声,抖落尘埃

看见草又漫过了刻符的井口
他还是兜不住,来自身外的雨

倒景

太阳和大树
掉落部分叶子
坦然自若地站立于岸上。暮色
望穿大地与一条河流的冷暖
那些被水招安的影子,瑟瑟发抖

这个冬天,气温
总是停顿在零下
结冰后,只有风未被
冻僵

我们都只是冰面上
躁动的虚像

旧时光

些许美好的事物,在黑夜闪烁

天上陨落的星子
远足的青春。那一小块
照在旧书桌上的灯光
如老猫蜷缩在
摇椅上

风吹过来,仿佛看到
她伏在窗台,而我
还在
雨中等着海

邂逅

小街尽处，无须多余的表达

四顾茫茫
种满大雪的田野，沿着风
穿过逼仄的人世
把最轻的花朵，吹上山

解开最天真的衣衫
身体和爬上山顶的月色
一样纯洁，她们只是想和我
在人间，爱得再持久一点

会封山，独自拥有冬天的地址

再生

这个池塘,每天都有人经过
偶尔飞来一只白鹭,稍事停留
更多的时候
一丛丛芦苇相依为命

已经九月了,水中的菱角
没人顾及
它们次第落水,却若无其事

明年,落水的菱角
会再生。而水边
也可能只站立着回忆

孤城

一个人的孤城,小于巴掌
而大过苍穹
特别是,有风低低掠过水面,没有波纹

那个女人,站在欣赏落日最好的地方
时间静止在这一刻

从夕阳中漫出一种暖
未曾受到羁绊
她温润的眼睛里,住满红色的河流

像火的悲伤——

"在世上,最让人畏惧的
是通向城门的路,通向了自己。"

洞见

她侧着身,转头凝望
双唇微启,似乎要
诉说什么

维米尔穿过黑暗中最朴素的一束光
找回属于灵魂
深处的秘密
············

少女左耳环悬挂
一只珍珠的泪滴

*约翰内斯·维米尔作品:《戴珍珠耳环的少女》

沙漏

冬天,我喜欢在院子的一隅植些沙土
种上兰草和仙人掌
在我的心里涌出无限生机
披霜履雪的身影,会一晃而过

书案上小小的沙漏,不徐不疾地流着
它催促流走的另一半来填替
我试图等待它一粒一粒停下
然后再转身

我们将又一次获得崭新的
开始,也可能是靠近沙土中
一根草直立的绿茎

秋归

黎明的光
把梦中的你,轻轻放下
独自……恬淡地坐在秋天
领每一片树叶回家

一只松鼠站在枝丫上
惊醒熟透的果子,饱满的偈语
落入草木的影子
从眼前一晃而过,抱着风

蝉

在黑暗之中做梦许多年

月黑风高,他赤身露体
蜕去无用的东西,或沉重

光亮一束束斜射过来,并非为黑夜
引路。也可能打扫自己的肺腑

黎明叫醒这处林子
一场歌剧
将登高演唱
卡拉斯极度缺乏安全感
他再次抬高了分贝,遮住整个世界

蒲公英

初夏,扬起我的裙裾
沿着风去我的家乡

渺小的我,可以撑开宇宙
天空,忽远忽近,白云植入每一寸肌肤

收拢羽毛的白,遥看几朵草色
陷入另一季的漂泊
只需轻轻把自己摁进灰暗物质中
阳光就在门外喊我

荆草

围成一堵墙，或篱笆

山野丛生的小灌木，内心柔软
毫不起眼的她
没有一点
被覆盖的迷失
总是越长越高，越长越犀利
山坡上，是一只只折返的羊

年年如此。她将带刺的
身体
扎入一场大雪
而根须，寻找比黑更远的道路

追求

再过一会儿
窗帘就要拉开晨光
小径蜿蜒,白露正伏在草叶上晶莹
几朵蓝色的牵牛花仰着小脸
一只蝴蝶轻轻地扇动翅膀

我就盲目地跟从它,捕捉它,抓拍它
痴迷这些让我未知的,又冲动
带我走的事物

譬如推开虚掩的柴门
毫不犹豫地走进去

画弧

走进秋色的人
终于等到一个明亮的夜晚
找到答案
枯草站成肉身,掏出几颗星子
看那些冲破萧瑟之物
在反弹琵琶

让我久久伫立的是脚边的迷迭香
和坡上的菊花黄
向它们走近时,无须掌灯
亦可逆时针旋转
画出半生的弧线

纸风筝

天空辽阔的鸟
很像某人怀抱的心思

线头那端系着一个未知数
成为五彩想象的渊薮
与纸绘不同的命运
一再沐浴着冷色的光

还把青鸾、老鹰、百灵
乃至一个人物的形状嵌入
惴惴的担忧

孩子的梦
一捅即破。线
在你手上,雨却把仰望带走

槐花

一个命里缺木的女人,站在槐树下
若其中一朵,开得单纯而安静
小方桌上,蓝花碗仰起素净的脸
曾经一条小路上
颠簸着橄榄的绿、惆怅

这么多年,嗡嗡的小蜜蜂
不管不顾地从外面赶回来

那些槐米般芳华
开后如敛翅的白蝴蝶
在小村庄深处舞动

肖像之谜

镜面
装着初始的完整
像一名画师
从中捕捉最美的时光

那眉眼间的山峦荡漾
描述、摹画
却难以丈量春风剪裁得是否合寸
那一湖水终究能有多深

景语

目光透过窗户
匍匐在藤蔓上的水痕,深夜亮起

天地间,把一些雨落在自己世界里
那架古琴找到孤单的手指
有些回音,绵思远道而来
一生需要有几滴雨
留下来

穿成手链
似珍珠缀成美人的帘子
被风着色,偏僻处怡情

冬日

她们在偏冷的时候,集聚一个愿望
金色纷呈,潜心修炼自己
无雪的日子里,冬季格外漫长
墙角的那几株植物
基本上没有叶子,只剩线条和花朵
一阵风过后,我宁愿相信
这般圣地,只有将小小的身体交给一场白

一只寒枝上醒来的鸦
正被私藏进光明

空心菜

夜，被一个梦
惊醒

失眠的人一定很伤心
沦陷的落花，以及掉队的背影
再不能往回走了

——菜园里，那株菜长得真好
以空荡荡的虚怀，在挨近秋风

无题

亭亭玉立的剪影,越来越接近
一尊佛

一个寻找堤岸的人
衣衫单薄,从不言说秋雨的苦楚

雨落在池中
成为缄默的词语
一条游鱼轻拨荷根,露出了水中的一片天

停泊于
一节藕,白的旁边

多想成为一块黏土

日子在想象中被捏出各种形状
某种喜欢,赋形在幽深的秘境

黏土只想把自己一寸寸变软
回避过于坚硬的割舍

爱被唤醒,内心有了领地
它将成为某个并不孤立的物件

端详所捏之物
她陷入沉思
不管想念什么,都要云淡风轻地活着

红栌

来来往往的人都走了,唯有它
在跳动的火焰中找到自己
它在枝上摇曳
这不同于深秋之异色,凝视良久

他调色盘里的赭红色块
充填共生的虫洞和黑斑点
没有一点幽怨,顺着风抻长小路
从身体里面传出秋声
像铁匠铺叮叮当当的火星,飞舞四溅

今天的红是涅槃的红
在开辟生命捭阖的另一层

行者

树是孤独的
他掐掉烟,小火星一闪而逝
他们之间多么雷同

黑暗站累了
心里什么欲念也没有

风吹翻了一个鸟窝
没有谁在意,树冠中一所小房子,它开口向上

他在冬天的异乡
晒晒太阳,迷茫地来来去去

雪

窗台的雪光
把一个刚醒来的人,带入空白

和雪四目相对
肉体成为真正的纸片人,能飞起来
自己却不曾有丝毫黑的沉重

这洁白的相拥,如此盛大
必是行经夜色把路微微照亮

清晨的阳光像个知情者,它给予暖在我身后
周遭的一切,闪耀着通透

远行

研一滴墨渲染已逝的春天
天空在飘雨，泛黄的纸上记忆犹新

从画中走下来的小女子
饲养一轮明月于心，终归
无法返程。山水
迢迢，昭君和一朵花儿远居塞外

一截枯草
不必倚栏听雨
琵琶已矮下身子
叶子从树枝上走下来
拎起一个人的黄昏

空

一个低头扫落叶的人，簸箕里——
盛满秋风，一枚叶子的葱茏像往事

她接着会扫一场大雪
被覆盖的路径，其实什么
也没有

一束夕照，落在水面
几根芦苇
看见
闪耀的银箔，一生漂流在外

种下一朵花，你的背影就会深刻

不远的乡间
小路，每年四月，汽笛声不断，从车里
走出来的人，穿得都很光鲜
一波接一波
来去匆匆

郝桥，有一位养牡丹的人
他粗茶淡饭，把自己
长在一亩三分地上

一株牡丹
被月光雕入一个人的背影

那几朵蓝（组诗）

朝颜

屋外的寒气
渐浓，几棵湘妃竹秋风萧瑟
抱着一本书谛听

篱栅上爬满的朝颜花
蓝莹莹转向苍穹
仿佛在跟着白云盘络某种高度

黛玉终究看不得那么多落花，她的泪
从春流到夏到秋

那几朵蓝
从白露开始，它们是治病的药引子

谜

天越来越灰蒙，呈深褐色
池塘的荷叶开始枯败，水中
倒映美人憨态。湘云
岸边的人，眼睛摇曳模糊幻影

秋雨适合与苦难同行
一条远去的大船，带走了整个春天
石头沉入水底时学会了隐忍
她的宿命
被锁进
另一个暗室
偷听风撞墙的声音

秋风起

银杏树在他的早年，有些孤单
空打着扇子
直到四月开花
十月的某一天，结果

他望见已经出阁的迎春，在花荫下缝补自己
熟透在秋分的阳光

与大观园里的风
消除了缝隙

黄色的果子在空中摇晃
树下的女子
低下头。装满篮子的目光
无处坠落

静思

小荷与露，偏爱池塘的一片蛙声
纤巧的莲心，寄宿无眠的苦涩
花灯的目光，未能
看见自己

星星点点火苗围拢过来
晦暗的夜色庇护着可怜的人——香菱
倚栏的倒影，惊醒
月光的迷途

专辑二

旁观的花朵

枝头叶子繁茂,我试图像核桃一样
把自己最好的部分,悬挂在高处
哪怕要等很久,等很多年
才能遇见你——

像蝉

他是在夏天潜入生活的。穿过荆棘和夜
带着喜欢,"仿佛久远劫来"

为了爱情
不管不顾地脱下盔甲,露出最初的婴体
——也可能成为另一类安息的轮回

遇见光明,"微尘与世界都如此发声"
树荫里又掉下几粒
蝉鸣。像不落的翅膀

一直扇动着一抹
青翠

镜子

湖把云朵揽入怀中
木栈桥上的我是空的

风穿过细小的孔
繁花于一只只鹅卵石上飞落

那些坚硬的小心脏,被水流一次次抚摸
最终随波逐流

而在你的
国度里,总是波澜不惊

打核桃

许多鸟,被惊吓走了
天空高高在上,有人走进山里,爬到山顶
饱满的果实,在与阳光交谈

枝头叶子繁茂,我试图像核桃一样
把自己最好的部分,悬挂在高处
哪怕要等很久,等很多年
才能遇见你——
在风中,在集市上

天地

小满,麦穗初齐
你从记忆的路口飘过来
端坐在一小片人间

我们曾一起在河边
那坡上搂抱过你的青草
乘着夜色会漫过来
爱情里的心脏那么小
也就容得下一颗红豆

秘密

我需要时间,靠近一块玉米地

苞谷披着一头秀发
亭亭玉立
你说它像我
你还说,喜欢刚荡漾过它的那阵秋风

岁月总是径直向前
多年后,我再次回到这里
无人知晓,一株植物和一个人
秘而不宣的关联

从田间返回时
一路无语
秋风照样徐徐吹过
我只注意到它饱满过后,微微发福的身体

山鬼

风神吹开一卷古册
一个披长发的女子,以山为帘
以水为镜,多情的种子余下多少恨意
才能埋进石缝,遁入深涧,隐姓埋名

金色的黄昏悬浮在半空
一场等待熟透了,会坠崖身亡
许多春天的影子扑朔迷离
方向找不到卷宗

听说至今
山中还有几滴雨,下落不明

灯谜

我说的,是一盏浮想联翩

她不只服饰华丽
内心也
灿若星辰
站的地方远远高于红尘

枝头朦胧的色彩,探向月下的
桨声。静止的虚构
被灯影兜住不再下潜的造型

上元夜,是谁
私藏了一个小身体的失眠?而谜
难以启齿

河水

栈桥上,来过一对恋人
从高处观看
依偎在一起的倒影,那温度
曾经令流淌静止

后来,只剩下女孩一个人
我来不及羡慕
也来不及
思索,除了温度
流水还带走了什么

我记住了她一个人的样子
孤单的影子
依然能够进入流水深处

从最初的漂浮
到牢牢抓住河底的沙石

小满

秋千,荡开缠身的俗事
清风空荡。余下锁不住的心思
兀自握住你

这么静的夜
月笼轻纱,窗子弹出对话框,虚掩
一个人从黑暗中,醒来

红花曾被绿叶抱紧
小房子里蕴藏更多秘密,相思苦一点
　"假使破裂开能使它见到天日
光使它圆满。"

树上结着那么多的石榴籽,忍着时间的痛
一粒一粒在慢慢地变甜

在太阳岛上

悬在半空的巢,是太阳岛上唯一的房子
白云下的鸟鸣没有户籍

风吹着野草的清香
岸边几株树,树身倾斜,在追赶西沉的落日

岛上和往常一样,只是多了一对恋人的背影
一条小船腾空自己,安静地停泊在水边
一只鸟落在船上
另一只正从城市返回

春讯

想做枝丫上的梅,抱住倒春寒
一瓣,两瓣,委身于他

那么多花想开就开吧

踌躇在暖风里的人,没有一次
能把自己摘走

野堇菜

从一群人中走出来
遗落在野外

风中的鸟鸣孵出草香开在山坡上
内心矮小的情爱
正被大面积的阳光引擎、拉伸、撕扯

直至另一个女子的泪水,淹没山那边的海
消弭了日出

致命的美,终无法企及

沃特豪斯的脑海里
浮现塞壬遗憾的眼神
水手无知无觉,抵达结局
夏洛特,终于从椅子上

站起身来,冲向窗外的景色
在阳光下,乘着一叶小舟
去追寻自己的爱情

她从镜中
飘出。一部分自身的盲区,投影下
内心的欲望。不可企及……

＊约翰·威廉姆·沃特豪斯作品《夏洛特姑娘》

葡萄架下

秋天,大雁已经离开
藤蔓开始空洞地练习柔软
夜色掩盖太多隐喻

晶莹剔透的果实,滑过指尖
在多年的传说里
葡萄架下,文字春风荡漾
又紧紧抱团
一串串鲜活的葡萄
那么亲密
轻轻尝一粒,忍不住战栗

宽慰

晒黄的稻田
弥散着温香的暖

整个下午,那个女人披着暮色
在田埂上独自坐着
加重了稻穗的弯度

我忽然想趁着落日没入地平线之前
把她抱在
怀里

两个面对天地
不敢大言的人,只能意会吹过身体上的秋风

一只被饮尽的酒杯

从美人泉回来
他感觉自己变了一个人
天还没完全亮
一瓶酒刚刚开启

染上酒色的脸盈满红润
仿佛顷刻回到少年
有些话,如今已成难言之隐

一只被饮尽的酒杯
多么像一个深爱他的女人
为接纳他
完全空出了自己

未写完的小说

四天以外
也可能就是一生
在一本书里
住着。而你只眨巴了一下眼睛

罗斯曼廊桥的小纸条
戴着曼帧的红手套,越过火车的道口
是昙花一现

你想要的
在续写部分
——等着一个洁白的
交代。挣脱夜

暗恋

站在这里久了
会被一朵花牢记
甚至看到你被覆盖的哭泣
青松翠柏上的花朵簌簌作响
风吹走了
送信的人,和秋天的趔趄

蜡梅未醒。雪花
其实很小,我们都很小
小到可以凭空地圆寂

在梨园

阳光,晨露,花草的馥郁
在大冷天和你同行

踩着丰润的泥土
揣回失联的时间,打破沉默

"没有人明白盛开的话语
所有人都误读凋谢的含义"

一只乌鸦站在梨园的中心
低头啄雨
仔细听,能听到冗长的回音

林中的一棵树

风拉了多年的空弦,直到
那日鸟鸣站上树梢

泡桐树
开着紫花,那些春天的
叶子和肢体
整日整夜地和鸟儿待在一起
一棵成长中的树,从不知什么是寂寞

直到湖面
因为结冰
激荡不出鸟划过镜面的漪澜
树,光秃秃的
有的人在孤独中走向自我

几只蜡嘴雀没有去而复返
冰面下矗立的身影
也会慢慢放开冰块,春水会径自东流

月光女人

夜晚翻来覆去
睡眠匮乏，钟摆晃动已无可约束

躺在窄小河床，月光流动
一只鸟收敛羽毛，站在树梢
谁的身影倏然而至

月亮那么远
却赋予回忆圆满的路径

归来

九月还在路上,走向自己
我想站成原野一棵高粱,挺直身子
脸颊绯红,颗粒饱满
依然保持着中年的热爱

身边的稻穗,因为父亲的抚摸
格外温暖
远方有鸡鸭归院,母亲一定在往灶膛添火

这个时候,我多么渴望遇见一个人
像雁群
正绕过伤心的城市

雨的描述

时急时缓。耳熟能详的曲子,河水般
涌向岸,沦陷
一个人的昨天

雨在途中,夜风渐止
短暂的停留
如同
一滴泪珠
先在你的眼眶里
打转,接着把我紧锁的眉心
一寸一寸掰开,剔除一块石头
和境遇中空寂轮流的涟漪

尽管琴声升起的烛光总比风声来得稍晚
但我愿舍命一爱

一个美丽的地方

翠柳上的黄莺
鸣啭在一个人的伤口。你用
整个下午佐证

它的翎羽不大,很轻
多么美好的飞行
打开天空。日子
在白云里漂泊
不曾说出,生活
有意空出的停靠

芫荽,百里香
顶着雨水开放

让一朵云带你走,走到
很远的地方
轻轻打开留声机

暖冬

一株紧挨另一株
多么静谧的田野
有一畦连接另一畦隔不开的欢愉

我喜欢这样的感觉，零下五度
阳光抚摸蜷缩的枝条，手心温热
周围的麦田青绿得无边无际
头顶上空有迟归的大雁飞过

光线越来越暗
田埂上，两对脚印相互交叠

两人对酌山花开

山腰上有间茅屋
被春风吹入。藤蔓
攀着鸟鸣上升,隐水迢迢
一朵白云的翅膀上
所有的花朵,正在开放

两只酒杯,靠在一起
猜拳;琴和瑟
拨开梧桐木,带着露水
做梦

春探

在 245 省道旁,成片的桃树
止步于一双羞红的眼睛

春光轻浮。你什么话都不说,抱紧自己
只是在微风吹过来时,有序地
结出小桃心

转身折回三月,爱是缺席的猜想
 "具象地爱你,也抽象地爱你
相对于空,无对应
存在才是最大的爱怜"

青枝上悬挂一粒失眠的宿雨

痕迹

夜晚,落下厚厚的雪

喜欢脚踩出咯吱咯吱的响
露出小小的脚印

当年你来看我
在老槐树上刻下姓名,槐花吐露甜蜜
长大的年轮也无法修饰

再次,走进雪地
从最柔软的部分
开始凹陷,白茫茫的一片

初夏

春风快吹尽的时候,柳絮
卸下堤岸的绿

她穿着红裙子
桃花流水
一些苍白的叹息在浮游

一片模糊的森林被一棵树牵回
光阴不得不减去一些东西
她摸了摸凸起的小腹
把目光投向河对岸,那枝条上
心形的果子
正次第吊着,一串尚未开口的隐喻

月夜

所有的花朵，隐匿于绿叶下
一点不招摇
风吹过，花枝乱颤
想你，突然就有了软肋

这样的夜晚
桂花的清香飘落一地
这些沉默之物，充满诱惑

直到月亮隐于天际
我才敢把自己偷偷释放出来
几棵桂花树，温暖地
摇曳着朦胧的醉意

黄花地丁

浑身的泥土气从未变过
日子过得简单而朴素
在荒地生存,在河坡落足
那些羊屎蛋、鸟粪被野草裹得严实

在一片青草部落
林林总总的小花朵,叫人无法移开视线
濒临秋天,命运的雨水慌不择路

黄花地丁把内心的灿烂
高高举过头顶
等相见的人来

陪伴

云朵缓慢地飘浮
在舟车劳顿的旅途中
灵魂望向看不到尽头的河水
安放对远方的渴望

家中的沙发、桌椅、床、手机、衣物等
散发朝夕相伴的温暖

季节正迈向秋天
成片的小黄花充实了一条河流
我孤独的手指拨动流水
在不大的萍蓬草叶背面
栖息着一只小蜗牛的幸福时光

风空转着光阴的滑轮（组诗）

磬口梅

爱的坚贞
我喜欢用一株植物来表达
如果要在整个冬天怀念
就铺开漫天的大雪

香气隐逸在草木间，一瓣瓣
被风雪抱在怀中亲吻
只有你。掏出的心才属于我

给亲爱的

窗台上的黄色玫瑰
秋风里开了

多少年来，我和你

隔着一扇窗，那层透明的玻璃
对看着，萌芽绽绿添蕾
目光中传递我懂你和你懂我的眼神

悄悄来临的晨霜，你不语，我不语
一张洁白的信笺，终究不舍得铺开
花开了，花影重叠起来的
部分，我看到你眼中的火苗正温柔地燃起

蝴蝶谷

花朵之间，蹁跹不疲

一个感性的人，独自耽留在河坡上
看小露珠从草叶滑落，倏忽不见
而路过的风
空转着光阴的一小节滑轮

白蝴蝶摆动裙裾，降落在花沿
送走一群驮着沉重粉囊的蜜蜂
抖去蝉鸣，轻盈地飞向僻静的山谷

在她的心里
自有块甜蜜的地方，隔开尘世

去年今日此门中

两只小鸟从一棵树
飞到
另一棵树
怦然心动：花木扶疏，桃林掩映
上千年丢失的一个遗址，粉嫩无边

一朵花也返回城南庄，觊觎
整个春天。桃枝馆成了一个符
却不能交换彼此

她的余生还有一扇门
半遮，半掩

爱客居在一朵半掩的花苞（组诗）

千纸鹤

没有人能说清，物种间神秘的第六感觉

叶子悠闲在风中，鱼儿沉潜在水里
云朵把终身托付给天空
飞鸟投入密林深处

每折一次，一张纸的面积就在折叠中变小
一步步接近飞翔
事实上，一只鸟能飞到哪里
我们并不知道
途经的生活如何陡峭

在这个世上，一张毫无秘密的纸
顺着心意，成为振翅的鹤

二月兰

春风吹向大地,我仍有忧伤

这紫莹莹天真烂漫的小野菜
丝毫不掩饰自己的内心,咽下雨滴

这擅自闯入者,像你
一个从不自怨自艾的小女人
恣意地颤动翅膀,抱紧奢侈的梦境

那成群结队的蝴蝶飞过来,唱蝶恋花
即便夜晚的黑从四周漫过来,也不回头

爱人

在梦里,你两手提着星星
穿过我

两粒紧邻的紫芸豆
在黑暗中爬上栅栏,把果实生长在光里

我跟着一阵阵风,一片片野花
攀上山顶,触碰天空

这前世的掌纹
继续消瘦
"爱是没有距离的抚摸"

你正举着相机,行色匆匆
我用金子锻造的那支神箭,还握在丘比特手中

情书

她姿态曼妙,隐逸于东街一隅
无论雪下几尺深,总是能瞥见
走下枝头的一条小路

在城里忙忙碌碌几十年,一晃而过
总是失之交臂
当大雪封锁道路
才会慢下来,铺开些许转身的目光

把往昔系在一只鸟翼上
闭上眼睛,客居一朵半掩的花苞

专辑三

宽阔的河流

疾驰的光阴,以最轻的一招一式,缓解相思的苦
爬山虎则喜欢看月亮,不经意间
爬满了故乡的整面院墙

林子里的光

石凳上,他拉着京胡
树叶轻摇,一片也没有落下

从池塘中氤氲出的雾气,让四周有些晦暗
午后的时光
仿佛一个人慢慢走向暮年

琴声断断续续
偶尔有一两道光离开琴弦

像他的身世,无以名状,又的确存在

给父亲梳头

四十年了,我再一次走近父亲
一根根白发
闪着寒光,无情斩断了曾经的黑

我听见发丛中钟摆激荡
他仍被生活和光阴,一路追赶

梳子向下送走一截流水
在日渐稀疏的地带,显露出父亲艰辛的行程

我轻抚着满头卑微的倔强
不知变白的部分,哪一些与我有关

空镜头

故乡的小河旁,有墓地
云朵经常躺在蓝格子布上
水波晃来晃去

温度从芦苇的根部漫上来
小鱼游到水的深处
相同的地方
恍惚间看见你
又在河边,用芦苇的叶子折叠着
你说折两只一起驶向大海
那眼神现在想起来
像一潭湖水,像一个空镜头

转眼已经过去二十年了

塔尖上的薄雪,向低处融化

悦来寺的腊八粥
煮的是塔里的月光和五谷的善

寺里的念经声和寺外的雪花
同时飘进了粥里

僧人们把熬好的粥
送往敬老院和聋哑学校

钟声敲响,匍匐在塔尖上的薄雪
一点点向低处融化。粥香通往更多的暗处

寺外,苦苦菜和芨芨草
开始陆续冲上山坡,绿了

捆白菜

一个晴朗的午后，我帮母亲把菜地的白菜
用地瓜藤，或稻草一棵棵捆好

母亲熟稔地
在其三分之一处，用老菜帮
抱住菜心，像当年多次抱紧子女

指尖上缠着呼吸的热气，攫住白霜和露水
从中捂出太阳青涩的芒纹

此刻，落日侧身，露出巨大的后背
一棵冬天的大白菜
在内心攒足了糖分

预知

当夜幕降临
露珠，站在草尖上倾听
黑暗中，我用先知先觉来形容
对忧惧的现实，我喜欢把一双双天真的眼睛
带进梦乡
孩子们抢着说出了自己做过的梦
还接连不断地追问
为什么有的梦真的会发生

对未知的生活，这是最甜的糖果

秋，推门而入像故人

村庄上，几声犬吠
小路上落叶翻飞
旧年的河水静静流淌
折一支芦笛吹响
忍着时间的快，踟蹰

树上挂满各种果实
遮住鸟雀喑哑的声音，准备陆续回家

一片稻香扑进怀中
连一阵凉风都急着和我相认

浮生

这个夏天,水上会漂些不起眼的
水性杨花
我想我们的浮生要尽可能相似
不在意那些表面上的东西
只在流动的河床
简单生长,陆陆续续开星星一样的小白花

假如我待的地方不干净
就在纸上画一个泸沽湖,性情温顺
再画一条小木船
等着我

还有,天气要抑郁一点
水面孤单得只剩下一个小黑点

元宵贴

流水,竹林,小桥秘境
无数仰望的面孔。其实花灯
知道,自己只能照亮几米远的路

抛开时光的围剿,一生不肯
放下执念,是那个提灯的人

母亲粗糙的双手,捏着圆
像佛珠,即将投入沸水
白与黑的谜团被轻轻浮起

旧瓦罐

那只旧瓦罐在阳台的一隅晃荡
雨水沿着罅隙处
冲洗常年积劳成疾的伤口

孤独是鸟漏下的种子，尚需要依靠

黄昏，伛偻的父亲从老家赶来
带来大米，和攒下的鸡蛋

恍惚间，旧瓦罐不再是一只普通意义的花盆
盛着满满当当的雨水
多么坚不可摧

寄托

岸上的人，抱养
一丛芦苇，在他身后无限温柔

波光把余下的日子
放在钓竿之外

日落前，潺潺流水远去的深意
浣洗群山孑立的倒影，干净的心思

想捕获一条大鱼和惊喜
在放生一只咬破嘴唇的小鱼之后
垂钓者向自己不断抛出诱饵

秋令

听说秋风要来,我赶紧起身
门是半遮半掩的

院墙不高,月亮会慢慢地爬上来
梧桐叶知道自己的处境,先落下来了

听说,过几天藤蔓上的瓜会更甜
我把中年的心包裹着,不愿说出半句怨言

转身看见母亲低着头,手握扫把
在小心翼翼地清扫几片落叶

女人梦

解下围裙的女人,心思钻进抱团的花
梦就被撑开

花开在对面,如火如荼
抚平她额头的法令纹
回到年轻的模样

绣球花绽放的花萼里
有一个不败的灵魂

入夏后,花团锦簇的她
顺着外围一瓣瓣向内开着

麻雀

老宅的屋子周围，雨蒙蒙的一片
落下的雨点，找不到一把翕动的伞

一只麻雀，先落在弯柳树上
接着又奔向光秃秃的泡桐
被风吹着溜过很多很大的城
把最后一个梦落在他乡

往日的时空，被记忆分割得越来越小
小到只能容纳大伯的一生
像一粒尖锐的呻吟
无数次挤压着我的挽歌

数九寒天，空荡的院子里
那只麻雀还在雨中

晚秋

窗边的一束绿菊,香气殆尽
我忽然有点自怜
快四十的女人了

去参加一个葬礼的路上,她小我几岁
门前,几个孩子在追赶翻飞的树叶
一棵大树光秃秃的
一只鸟窝悬浮在枝丫
没人在意,树上又飞走了几只小鸟
掉落几片羽毛

下午茶

一溪云水,沿着人间的烟火
绕指缠绵

整个下午,你
倏然而至,又飘然而去
毛尖在水中虚度
逸出的思绪
沿着杯口蔓延

余生偷得半碗茶
端一只小盏,即可招安

涟漪的圆，套住一个动词

村后的河已经上冻
婶娘一大早来到河边
敲开冰窟窿，淘米，洗菜，洗衣

经过冰水漂洗后的物质
都沉下去了
只有那双手老树皮般锻打出的热气
又从水中浮起

初嫁到小王庄时
它还相当白净，更未生过冻疮
冬天的河水还细细地流淌，它留在水面的涟漪
还很圆润

刨山芋

二分地上的山芋应声而起时，白霜
还未冻僵

十月小阳，母亲
踄过一只鸟的啼叫，来到自家地头
缓慢地举起一把蜷于屋角不甘自锈的锄头

只是那把旧锄头老眼昏花
挖出的尽是，身上带伤的收获

她已经拼尽全力，而天色已晚
太阳也不知不觉地
散了光。驮不动一个女儿
永远无法愈合的疼痛

仲春的低音区

柳枝穿越暗沉的
天色，站在一条河的对岸
荡来荡去怎么也无法平静

后来细雨尾随她的身子
也不能阐述旧事重提所濒临的深渊

拓扑空间可以不定义距离的
四月折枝新柳，念及故人
雨还没有完全停歇下来
整个城市上空还在低音区颤动
眼前混沌一片

喇叭花

秋天我会绕路
去看看

沿着弯曲的土路,在幽暗的沟渠边
她的身影轻轻摇曳
掬起一小片天空的蓝
午后又悄无声息地收拢

一生繁花落尽
站在光阴深处,仍结出颗颗卵状籽粒

像一位顺从命运的母亲

舞台

无法猜测的水域
波光潋滟。正沿着唇边荡漾
她是舞者
以完整的自己，对峙离殇

那空置的茶杯
遗忘在闹市多年
我想连夜冒雨取回，并斟上热泪

有时擅饮的人，也会不快乐
并不全是因为茶水变冷

初秋的湖水，曾教会她数种靠岸的方法
而戏里的花鞋走不出冬天的水袖

此情此景

擦拭玻璃上的灰尘
有一颗不怕死的心
被空旷的间隙反复雕塑

一只断尾求生的壁虎,正在爬行
黄昏吹来的风把那根系在腰间的安全绳
紧了紧

当悬置久了的身体
再次返回生活
犹如电线上的雨滴不哀,不惧
它来自另一个星球
直面芸芸众生,发出空响,延绵不断

中秋

风吹树叶沙沙作响,像无数只鸟在飞

父亲在院内
打太极,画出一道道清逸出尘的弧线

疾驰的光阴,以最轻的一招一式,缓解相思的苦
爬山虎则喜欢看月亮,不经意间
爬满了故乡的整面院墙

过河

一枝嫩柳,从水流中析出甜味
被风撞破石头,也不提伤疤和旧痕

这条通往故乡的水域,水面不宽
倒映过太多人生情景
不慎落水的芦苇,被拉长的身影
这个黄昏我没有什么要描述和补充

风来回摇摆
天上的云、芦花已经把水面梳理平静
一颗过河的小石子有了对流水的顺从

落水之物,不急于上岸,岸边的我
可以慢慢等

高处

停下脚步,失意的人
更容易溺水
历史穿过波纹

水为背景,把波光粼粼聚拢
画出你着一袭长衫的样子

举起我的右手
只需三分钟的伫立
母亲的艾草已煮好,等着驱毒

人间更多的香气
常寂静地悬挂于高处

小寒图

欲雪的冬季
嵌入画中。比那条狭长的小路漫长

植物相继凋零。在墙角
只剩轮廓与线条
它们用生存,表演着行为艺术

枝丫上,一只寒鸦突然醒来

像阵春风
将要穿过万树梨花

奇迹

路,在刚下过雨的阴影里延伸

窄小的灯光,在他身上徜翔
仿佛另一场雨

他望向长期隐遁在体内的那条河
肉眼看不见水有多深,有会飞的鱼
游弋于窘迫之外的天空

这短暂的一跃,他当成一种奇迹

雾

搬家前夕。家中的杂什一件件冒出来
那座老房子留在相册里
褪色的部分复又衍生

宝玉在人群里
找寻与自己并无太多瓜葛的
二丫头，怅然若失
那些文字，以及音乐、绘画
常显现成一把钥匙。从生锈的门锁里抽身

消匿的光景
被一场大雾包围
我想冲进去，成为事件中
某个越来越近的身影

悲喜集

九月的清晨
漫无边际的凉意
紧紧缠绕着空秸秆、长茅草，交出一生的柔软

淹没生活的盛大蝉鸣声已退场
曦光灌注的底色
通晓和尘世的瓜葛，来自母体的脐带

那心形叶片上有只小蚱蜢仰起头
认出那是故乡失散多年的碧空

幕后

秋收之后,倒在田地间
稻草人的酣睡

身无一物,腹内空空
阳光闪耀着它头上的点点珠花

站在旷野,不过是偶然
扮演了一次乡下人的孤立无援

有人路过,往它心里塞进一块石头
压住村庄深处,背后的生活

婆婆纳

泥土里划着波浪
一片小花蓝边白蕊，闯进早春

她横亘在石头缝、沟渠
荒地，任意做梦

顺着风，自由地生长
捧出天空、大海的蓝

大多时候，被路过的、见过的人忘记
只有自己年年会牢记约期

插秧人

你没见过的河流
一畦一畦的秧苗
蓄满了水和空旷
诱出来的虫子刚好看见天空

好多只鸟,穿过湿漉的半生
停下来,以弓腰的曲线
原谅这片水域的混沌。轨迹被深埋
农事压缩的身影

被按下快门,整夜失眠

白菊

秋天过半,凉意越来越重

村东头的一片旷野里
遍布黍、大豆的果实
跻身它们之间的野菊,在仰望星空

而二伯家的灯一闪一闪的
晃悠着巴掌大的亮。他和村里人
一年也不会看几眼月亮,倒是
这几株白菊
既不错过明月,也从不慢怠秋风

即便明月如霜,或者自己也披着霜

冬至

这些年,掉落下的水珠
悲欣交集的命,逆行在风里

长冬漫漫,在屋檐下的冰凌
似箭矢。母亲
拉开记忆的弓弦
教唱数九歌

独自走回开梅花的小院
童年踮起脚
折一枝

雪纷纷落在簇生的花瓣上
给藏青色的暮霭
转圜的余地

旧伞

像花序,包藏
一片小小的天
一旦打开
就能洞彻更多的雨

多年以后,闲倚在房间的旮旯里
终于走完了风雨飘摇的一生

余下的光阴
让那些雨自由自在地落下
洗尽铅华的人回归故地
看到水洼里锃亮的光
早已遮挡了细小的尘埃

月半弯

今晚小凉
清风喊来一片蛙鸣声
月牙儿,应声落入池中

故乡的月是母亲灶上一块小圆饼
被我咬出一排弯弯的弧度
在月亮的眼皮底下
母亲脱掉绣花鞋
羞涩的梦层层剥开

母亲习惯在劳作后
在庭院,看高高的小船两头摇晃
玉一样的身体,掩住一个人

火焰在一幅画前

在"夕阳红"敬老院的墙上
几根有气无力的常春藤,耷拉着脑袋
向墙头上爬
墙根下,几个老人在晒太阳
他们有一句没一句地
讲着前不着村后不着店的话

我正站在一幅旧画前
读一枚红叶上题诗的年龄

不用浪费日头上一丁点的光
体内有昼夜跳动的火焰
甚至可以一连许多天待在黑暗中
窗外刮着呼呼的北风

云渡桃雕

手艺人专注地在桃核上雕琢
一遍一遍,一刀一刀
方寸之间亮闪闪的槽沟,某些精巧的细节
都掩于暮色

我把一只刻有属相的小桃猴
带回来,放在手中,看它被红丝线和月光
穿过

我抚摸自己身上的疤痕
那些失去的枝叶陡然冒了出来

东篱菊花田（组诗）

丝皇菊

回乡的路上
要穿过一片菊花田，闻闻披霜的菊香

村庄沉默，我忍不住低头
风把灵魂带到这里
像一只蝴蝶擅自闯入
泛起波漪的海洋

不远处几个农妇躬身
采摘即将烘焙的花朵
那吹不走的笑容，在大冬天再次相逢
无疑，蜕变过的生命
会沿着杯口，把香气盛开在另一个国度

菊颂

阳光在复述
东篱花田的菊
风是安静的,它送来了什么
给我
这样一个一贫如洗的人

菊花内心香气四溢
撞了我满怀
许是寒风凛凛,也钟爱灿烂的笑容
那个斜阳下躺在坡上的身影
已完完全全被菊花遮住

在肥沃的土地上,一片明亮
织成云锦和丝绸

新村即景

眼前电线杆上的麻雀
正俯瞰着水车边上托举黄昏的菊花
沿着新区向前走,一幢一幢的小院
每一户门楣上都书写着不同的暗喻
医者仁心,书香门第

我，专注地重读一排村庄
一只小猫慵懒地打着哈欠

几百亩金黄覆盖了太多的曲折和变迁
如同软黄金，使人眩晕
我想要和她推杯换盏
在时光中长出风骨
成为一株菊
把花瓣呈现给地平线

一只不能返乡的蝉（组诗）

黄昏时分

小时候,喜欢把小石头扔进湖心
淘气地看湖水动荡不安
水晕的情绪层层剥开
一圈又一圈,里应外合

慢慢长大了,越来越专注地
爱上那些平静的事物
妆台上从不言语的镜子,在一天天泛白
河面抛出的鱼钩,在一天天变瘦

在河边。老人孑孑地垂钓,寂寞的黄昏
大朵大朵的落花,被流水驮走

一只不能返乡的蝉

枝头的蝉声渐退
树下的巢穴若隐若现

草丛里搁置的衣衫
找不到肉身
芳草下的土,没有姓名

空荡的老屋晃动故乡的影子
半片月色陷入
一粒小小的虫洞
被风吹散的亲人,托身白云

没人知道
羽翅成精或成仙

在心中养活一棵树

每一条流动的河
在泥土的背面渗入我的肌肤
有时冻土很深,积雪很厚
雨露、寒风、尘埃,在枝头轻盈
失重的年轮里醒来

学会遗忘花朵和种子
继续生长

如果有一天
刀斧或风暴中断我的生命
我用掌纹再次打开光线和雨水
把枝蔓安放在另一种轮回
在黑暗的灯盏里呼吸
光阴中以树活命

每一片叶子
都是我凝视尘世的眼睛

蝴蝶的宿命

漂亮的花裙子　翩翩起舞
滚滚红尘，因为我而钟情于花朵

那些漫无目的的旅行，使我顺从而柔软
庄周曾把我带入一场梦中

醒来，某种记忆在骨骼里埋下了伏笔
暴雨倾盆，我从一对恋人的心中飞出

专辑四

潦草的异域

那日,在运河边
忍冬是最不擅长表达的
白花和黄花刚刚落尽
桌子上的酒杯东倒西歪
把自己从一小段汇聚的水流中分开

依稀可辨的小憩，恍如隔世

古树上的苔痕，依稀可辨
小镇同里斑驳的纹理
青砖黛瓦上的往事
小憩在亭台楼阁、廊坊桥榭
小桥娇嗔软语，叩开
烟雨江南

不远处，退思园的每扇小门
都清风浮动。子君再也
不为生计焦躁不安
白玉兰，被风吹在香肩上
恍若隔世

隐居体内的渡口,爱上闲愁

后花园眨眼间,藤蔓就爬上
窗口,还爱上唐寅折扇里
小鹿背上的梅花

碧莲中的兰舟,把留园的石头摇醒
迢递山水,便从远道而来
寻觅朝代泊回的桨声

你凝神描画
黛青色里的山林
隐居一枚豢养多年的渡口

成子湖的鱼

成子湖因水成性
那座栈桥,是它的软肋

小艇如幽浮。他只是块避世的石头
用短暂的镇定
荡开周而复始的生活

一条鱼的想法
无非是睁着眼睛活下去

天黑了,提起水中的影子,像一张网爬上了岸

读枫

红着脸摆渡自己。背上
敷着雪

这里唯有冬雪
能覆盖住禅房的花木,和不断磨损的光阴
白鹤的孑立除外

路过此地的人,和佛
仅咫尺之遥
赶路的蚂蚁
与我们都曾不止一次贴身擦过火苗

忍冬

运河水是悠长的
整个下午的河水清澈而波光荡漾
特别是逗留在水面的黄昏
船只走了之后
转眼踪迹全无,如此之快

余晖脉脉似在献唱
风在轻轻吹,真实的碰撞
脸上露出的喜悦

那日,在运河边
忍冬是最不擅长表达的
白花和黄花刚刚落尽
桌子上的酒杯东倒西歪
把自己从一小段汇聚的水流中分开

登山

离山更近了。曲径
盘绕串串鸟鸣
空出草叶上的凉意
枝头的果子掉下来,做足功课

秋风拾级而上。雾蒙蒙的
身影越来越小,半山腰
抱住匍匐的那座小房子

如果再多走几步,白云就会被踩在脚底
将与飞鸟挨在一起

界面

凛冽的风,吹着竖琴。河面
遏制不住诱惑,变成两个半球

黑色鸬鹚在水中捕鱼,另一只
在冰面上鸟瞰,水下梅枝上的花瓣
流泪了吗?这隐忍的标本
正顺从落雪的掩埋

透彻地托举是冰对浮力的理解
进而言之
在另一个接触面,向上的时间终会
成为水

幸好,高空早早地挂起月牙儿
照见在漫长夜晚做梦的
船形地块

戏子

陌上微漾是写意的蛊惑媚术

门前的桃枝上
不坐果的
花苞
需要粗糙的手,以毛笔的柔软
去触碰。或者蜜蜂大老远飞过来
心急火燎地
擦过点花人的肩头,把欲望的刺
扎入深渊

等到枝头缀满蜜桃
总让人想起戏文里拷问红娘唱出的那一段
春风有没有用大段的辩白做——黑引子

暖物

从窗口望去,上海路那几株檀香梅,被料峭的春寒羁绊

树下的女子　缓缓低头
轻嗅花苞
寻找穿越前的密友

在零下十几摄氏度的冬天
所谓暖物,无非冰雪里探出的红梅
和她衣裙上的体香

荡秋千

那时太小,不会
注意到抛起的身体
对天空的向往,不曾在意泥泞的脚印
那荡起来的原理:每摆一次。循环往复
秋千摆得越轻,飞得越高

注目飞在空中的鸟
何等幸福

深冬,肉身越来越笨拙
秋千上悬着的雪
腾出整个世界

十月的哲学

场景汹涌起伏
草塑着金身

河坡上,无人捡拾的野果
被鸟雀拣入果腹
余下的被蓑草的躯体温热

天冷了,大雪如神谕
一个发光的梦境
隐去委顿和枯黄

那扼住黑夜的根部,有温水汩汩而歌
它们在人间最低处
囤积辽阔和慈悲

长焦

小径的石阶
似要切断泥土的粘连
点地梅、鸭舌草和黄鹌菜
从缝隙里钻出
守护狭小的泥土

绿化带上,工人正在给花草预留位置
他们要把鹅卵石
镶嵌在那条土路上
包藏光滑的心思

幽深瞳孔拉长时间的镜头
咔嚓一声,接近一道完美的闪电

秋深

琴音穿过竹林。河流
在练习吐纳的节拍
山坡上,大片的野菊花
被陡峭的风举起
更远的地方,紫燕和鸿雁
去了他乡

暮色降临,无为的蚁虫侧身,攀上
叫不出名字的岩石
倏忽之间,就不见了自己

原点

那些泡泡别有深意
要将湖水撑成一个更大的圆
没有念及其他,只是重新
开始一遍又一遍地呼吸

此时,正和寺正把红尘的影子
泅渡在湖水里
一群小鱼游来游去
不管岸上曾发生什么
只要活着,它们仍然会
如期产下晶莹的孩子
小小生命,将在春天拥有柔软的新生

日子

风穿过凌晨四更,留下呓语
黑夜里的眼睛
连接彼岸的灯火
透过玻璃,光很近

田地的秸秆凌乱,鸟儿扑棱翅膀
催促芒种,日子接踵而至
每一次挣开黎明
就跟出一群小鸡来

一条河的律动

沿着岸边不停地走
眼里盛满它远去的行程

当流水成为送你回家的音符
余晖点点撒在镜面

捞起石子的硬,寄放于体内
风浪变得那么小
芦花被夕阳镀上金边
河面上浮起的小黄花
漏下的吉光片羽,像灯,在你心湖

杂耍

并非表演。而命运比钢丝
更易被踩折

路边的泽珍珠菜开着小白花
为你空悬一颗心

在花蕊中央逗留的小红蜘蛛
迟迟不肯回家

天空乌云压顶
冰雹使小白花摇摇欲坠
一根极细的丝线,拼命地黏住自己
网住还未凋零的花朵

命悬一线的生活。仿佛在杂耍
又似在自救,或是逃亡

撒在时光里的种子

河坡岸上的小白花
那么多,摽着河道拐进神秘视野的尽处

花盘里举着小手
远道而来的人,从悦来寺走出来
看见遍布的一年蓬,像谁的孩子,成为光的一部分

对岸高高的塔影
涉水而来
缓慢舒展掠过枯荣
在起起落落中蚕食钟声

穿过风的籽粒互相没有打招呼
就分道扬镳,去了人间

空湖

风,忍住时间摩挲
几只白鸟停留在木栈道上
加深了苍穹辽阔

天色渐暗,你越来越看不见它们
那些沉沉浮浮的宿根
包括岸边纵深的
柳枝,多年来
一直想点化的一块石头

这湖多像白云俯瞰大地时
无意中推落下来的一个窗口
你把手臂伸入其中,想攥住点什么
掌心总是空空的

夕颜花

它昼夜不停地生长,攀爬
似乎比谁都向往天空,渴望柔软的月光

昨天,拔着田间的草
回到家已累得晕头转向
一朵朵清澈的蓝,缀化着老院墙的斑驳

那只刚采完蜜急急飞走的蜜蜂
留下某页徒然悲伤的章节

剩下的夜晚,她仍兀自开放
立秋后,有意地渐渐变长

孤独者

他拉二胡,秋风吹向更远的地方

途中蜗牛艰难爬行的痕迹
落叶经过,轻描淡写地掩去

积攒多年的小雨点纷纷离析
涌向隐秘通道,化成点点禅音

远处的大运河,敞开胸怀
心迹在雨后的水流中渐渐平复
在一节低回的慢板之后,二胡声忽又拔高明亮
今日的船只不再逆流,而是自东向西航行

不期而遇

从苇丛的视线里飞出
我以为自己就是那只黑鸟

暮色即将拉下窗帘
我们没有做深刻的交谈
她就扑棱着翅膀飞走了

鸟鸣声,此起彼落
相互爱着的事物,心照不宣

我们都企图通过飞翔
掠过水面的宽阔,去喜欢的地方

秋日酒词

鱼的
寂寞,是游向海水深处

七秒的记忆,说不出沸腾的秘密

到了秋天,榴花已燃成灰烬
那些刚抵达舌尖的蕊芳
坠入亘古的典故

关于旧梦,难以
重温。归于某处
跟着一个帝王的后庭花
踱进手工酒坊

屋顶上仅剩下一枚月亮,崴了脚
醉倒在杯中

马鞭草

不可亵渎的小紫花,像掉落人间的《圣经》

河坡上开放那么多,那么密
我想起伊西斯的眼泪
心中空旷,剩下整条河流的呜咽

那个牵马渡河的身影
穿过荆棘,他的脚伤
被一株株圣草紧紧围住

透过雪光

寒冷的天气,写下暖炉,火苗
如果飞雪有秘密
是那覆盖过的生活,赘述它存在

鸟儿年复一年,相继回到树上
穿过泥泞,不顾一切奔赴而来
老房子的屋檐下,住的
还是之前的燕子

时间流失在哪?钟声仍在轻颤
"那些被我们追逐的,都是身外之物"
彻夜不眠的人,围坐在一起

雪的柔光,延伸出来的
道路,可以看到更远

盛夏的声音

那几只养花的陶罐
安静地等在那里

直到它们飞走后
凤仙花的种子才敢啪地炸裂开来

低沉的云层
暗了下来

更多聚散,仿佛那对鸟儿来有影去无踪
在夜晚来临

几粒鸟鸣,在洪泽湖湿地骤停
雨水有瓦解之意

它们对生活的姿态
从摩斯密码发出长短不一的声响

渡河

桂花树和我,望见落叶
鸟鸣声击破山河的清瘦
月色迟迟

今生渡河的身影慌张
草木飘摇
所不同的——
人间。远闻识香的人杳然
花下路过的女子,凝神屏住呼吸

旁白

想象，捞走一捧漏网的江湖
大风大浪时，被河流击穿
在郁结泥沙的途中
站在桥上的人，归于平静

直到她如鱼，开闸泄水的洪峰
涌进无法左右的漩涡
有些痛的发生，并非浮在水面

堤岸和我达成共识
静静地看着水波湍急流过

扶梯

醒来。在这个早晨
我靠在阳台上看向远方
初秋的风,让铁质的扶梯更凉了
给予再多阳光
也不能让它长出叶子

窗外高大的榕树
试图让眺望走得更远
我只想它们能做这扶梯
心怀坚韧
对于需要它搀扶的人,不再节外生枝

边缘

落日西去,城市的繁华隐遁
地平线是划分黑白的条纹
隔着河水,望向余晖中的静谧
几株植物闪耀,光洁

无须交谈,即可心意相通
天边的酡红披在身上
那棵落单的芦苇,迎风不语
立在行走的一幅画木框之外,涅槃

沉寂无声的流水,载着早出晚归的人生

栖霞寺

风最先拾级而上
看见每束光
穿透林间空地小憩

白云犹如来自外乡的偈语
怀抱向山上仰止的无限高度
游览一个帝王
遗落于千年水流
和故事最深处的题诗

桃花湖飞出太多蝴蝶
掩映整座山林的斑驳
栖霞寺迷路了
正向翅膀下
尚自静立的树，打探古刹的来历

虚度

树叶摇来摇去
是因为风太孤独
小酒馆,酒成为对视的脸

就这样,虚度人生
拨开云雾
"指针旋转两度
全世界都在低吟着
我爱你"

那蔚蓝的海上,飞来了一片海鸥
海浪惬意地涌向堤岸

黄昏

搀扶着母亲
沿着公园里的一条河岸行走
根植水中的落羽杉
对称的倒影
铺开橙色的帷幔

女儿攥紧母亲的手
在夕阳中静候
由落羽杉粗壮的纺锤状根部连接虚实
向周边漫射出
树的寂静,树的从容
还有一棵小树对大树良久的依恋

水洼

午后，天空倒出悲伤
风徜徉在郁积的情绪里
还没完全走出来
眼前的水洼吸引了我
暴风雨蛰伏的路上，仍闪出珍珠般的光亮
它们是走了多久，多远，才聚在一起

在人世，我多次穿过这样的水洼
空出清浅时光
给你，给稍纵即逝的另一生

远处的钟声动了恻隐之心（组诗）

龙门的石头

大佛已在
石洞里住了
千年，天空仍旧高高在上看着

石头是
坚硬的。有时
她头顶着水，披着雨雪
一点点剥去日月扬起的尘土

石头也是柔软的：雾霾刚刚退去
我就看见许多佛像已经破损
面目全非，坚定的眼神
普照苍茫，抚慰格桑花一瓣瓣飘落

我转过身：一尊佛落座于心头，如磐石

白云挂在勾栏上

牡丹
伫立。古城带着遍体花香

一只骡子迎面走来
驮回武大郎
在街边叫卖烧饼的声音
岳鹏举枪挑小梁王的故事
正在瓦舍里津津有味地重演
穿汉服的人和繁华在绰幕上藏身

更多的人,绕开细雨
听画外之音

"真正的思念是陌生中的趋近"
眼前呈现一片雾气,而白云
仍旧挂在勾栏上

耕山的彩虹

风和石阶
在攀升

千年老树挡住我的去路
它盘根错节
几乎是踱过石阶的坚硬,伸入
大地的。纵深的去处
早已构成了山的昂首挺胸

执着的皱褶包裹岁月的暗殇
仿佛裸露在外的
不是根,而是
扼住命运喉咙的一截铁指
或者嵌入大地的一道坚硬的彩虹

在重渡沟,我是从山外吹来的云朵

静谧之门

爬山。在半山腰
看见铃兰,开在陡峭的坡上
像跋涉中打着趔趄的悬念

她独特的花朵
像口钟
把我
轻轻带进朱红色的大门
四周树荫茂盛,云雾缭绕

空荡荡的山谷看不见自己的行踪

在云台深处,除了
雨点,没人能撞响她,发出裂石的
回音声,响应山谷

崖上的铁线蕨从清凉中走出

它在这里
无意厌世
细流浣洗岩石上的云
泉水叮咚,女人
在潭瀑峡贴近涓涓水流

在落日西沉的山路上
崖上的铁线蕨从清凉中走出
远处,翻山越岭的钟声动了恻隐之心

让黑暗
仅限于楔入
少女的发丝。光线一点点的
青睐,渐渐缓解她轻微的抑郁
蕨和人,分不清彼此呼吸的青翠欲滴

水上旅行（组诗）

邳州银杏

一如往事挂在树枝上晃动
我凝视过细雨
平复渐渐消退的热情
在燥热的脚印里，目光深处的柠檬黄
被岁月的坚韧织成大片锦缎

此时，风吹过它光滑的表面
看不出波澜
有一种匍匐松开手，成为金色航道

迎面走来的小女孩
捡起银杏叶，她拂去微凉的灰尘
"这一叶知秋的扁舟"
被夹进书页深处

窑湾古镇

像无法想象的偏爱
在远方等待

被旅人的摄像头
定格成梦里挥不去的水乡
桨声相约灯影在低吟浅唱
时光留不住

推开一扇门
漫步青石铺就的小巷
穿越建筑群、花草树木
让走走停停的异乡人震撼
如丝如缕的春雨
沿着山山水水漫出一种情愫

我想生生世世爱着窑湾,讲人来人往的故事

云龙湖

静谧的湖水
唱着摇橹不变的歌谣
传出汩汩而流的音韵与节奏

湖面呈现出的蓝，与山影对坐
倾诉光阴深处的衷肠

三面云山，一面湖
多少年的坚守和沧桑，完成了大才子东坡的柔情
在云龙湖游玩，可以走得慢点
打个小水漂
问问先人如何抵御水患

从云龙湖回来
那桥，那石头，和那斑驳云影
摇曳时空背面的辽阔
那是河流通向清澈，生生不息的源头

桥恋

我把时间均分
给相见的小南湖
这敞开的心，荡出涟漪

找到圆通的卵石
看垂柳探入湖水
坐在湖边，细数冒出的柳芽

那一串小桥，从近到远
像极了相爱的心湖

水雾低垂，此岸和彼岸
已连成茫茫的水波
春风浩荡穿过桥身

走在金色阳光下（组诗）

美丽的丰北人

碧水怀抱蓝天，香橼果
热情地迎客送香
一块块水田掠过车窗
傍水而居的丰北村
被大片浮生植物守护
一位大叔正在采摘鸡头米
笑颜覆盖脚下的泥浆

如果深读这片沃土
就会读出丰北人内心的宽广和仁爱
如果深读一滴水
就会觅到丰北人点燃火热梦想的泉源
我们一路上正谈着"丰北五宝"
黄灿灿的叶子则纷纷踏上石阶

风,拉着琴声站了好久
一群白鹭从苇丛中飞出
那是水乡腾飞的脉动

牟家村颐养院的春天

所有的花朵,不分寒暑都来见证
爱是幸福的密码

时光的刀锋散发出柔和的光芒
站在廊下温馨小语
鸟儿弹奏着绿色的音符
他们在浓荫下品茶,拉家常
从年轮深处牵出一匹白马

长廊边桃花灼灼其华
成群小麻雀驻足观看老人打太极
天空细小的光,落在树冠上
高高地托举起回巢的鸟

查家湾的翠冠梨

透过坠弯的枝条
金色的果子,飘来的云朵

果农哼唱的小曲，醉了彼岸广阔的天地

查家湾，郑陆和江阴交界处
两面环山，两面临水

一念到"湾"这个字
就长出大亚湾、铜锣湾、浅水湾
那经年的风雨哺育万物

徜徉山水田园之间
隔着古老的印记，分享
一枚梨子纯粹的表达
能称量出春风的甜蜜

舜过山森林公园

山岚叠翠，摘星台云遮雾罩
垂柳溅起的水珠
静立在金蟾池石上
鲤鱼跃出水面
用鳞片弹唱流水深处的渴望

片片红枫眺望着江水
致意拾级而上的游客

二十四孝的故事把舜过山讲述得很长
停留在青砖前,圣贤的高度
将人间的影子矮下去

专辑五

婆婆的草木

万物在拔节
静下来的灵魂
坐在一粒种子里,日益饱满圆润

葵花园

在杨集。恰逢大雨滂沱

行人躲进伞下
淋着雨水追随太阳的葵花
正奋力地结着籽粒

这场雨,相对于葵花做了什么
我想毫无保留地讲给我的学生

除了这些,还要
尽全力,让葵花一样的
孩子经过雨时
掏出身体里潜藏的一种铿锵物质

白露

一阵秋风横扫过来,园里的南瓜、冬瓜
应和着时令,刚刚准备回家

视线之外,栅栏上抽去夜的真相
晶莹的泪水不可言说

她有弯腰的重量
像那株苦命的薄荷
说出由内而外的
寒凉。而我们都是挥别时
不会表达的人,只能绕过露珠往前走

萤火虫

像隐去的星星
猛然亮一下：它闪着篝火的
光芒，竟大过我夜不归宿的影子

在幽暗的森林公园
倘若你足够幸运
脱掉鞋子，光着脚丫跟着风跑
随月亮悄然爬上树梢

路旁挂果多日的银杏
陆陆续续开始谢幕
没有人在意，更多的沉重
隐藏在叶子下面
未被照亮

迎春花

一个个穿黄衫的小女子
把蝴蝶纷飞,从腰带里绣出来
这数日的积蓄,卸下防备
倏忽就蓬勃起来了
越冬的小径弯弯曲曲
此刻和她们心有灵犀

春风看见:美貌在藤蔓上复活

立夏

谷雨的足音
刚和春风站在石阶上
说过悄悄话

暖风迎面而来
邻家的小女,出落得亭亭玉立
满池的水遥望莲叶何田田
蛙声从远方传来

你看,那两岸的花儿草儿
眉眼弯弯带笑
你听,万物在拔节
静下来的灵魂
坐在一粒种子里,日益饱满圆润

植物童话

以独特的方式对生活揭秘
在幽深的叶片上
小小的蚁虫咬噬着汁液
似乎更懂得共生

我们放慢脚步
看到葡萄生长的花穗下
密密聚集着小水珠
抱得那么紧

潜心等候
叶蝉、尺蠖、草蛉的到来

以爱的章节,类似
珍珠腺
舍得供出自己

在水中凝视一朵花

清水之上,顺着
根茎向上,自给自足
青衣水袖,昂起头,足以过冬
捧出体内积蓄已久的洁白
摒弃了人间的大雪,霜冻,冰雹

她看了看脚下,如此想象
水波轻轻荡漾开来
十分确定,这里藏着
"我爱的旷野,高山和飞鸟"

荠菜

不是因为花朵,才获得青睐
体内的清芬,攒成一个圆形的空间
用微距靠近,发现它内心的朴素

如今,挖野菜的人老了
无人垂怜的时光
像遗忘的空档

浮生未歇,把身体里长长的根须
扎在春深处

立冬

花瓣,身不由己地从枝上飘落
没有被谁推搡
像所有来过的人
明显感觉到身体触及大地时的震颤

读到贾府中被撵的丫头
那些已凄凉的结局
躺在发黄的书页上

立冬了,我把花一盆盆搬进屋
力所能及,不让雪落在身上

铃兰花开

它是从云台山带回来的
原本不属于我,属于幽谷

花似钟的形状,却替钟三缄其口
它有根有生气
越过生活,连缀着我与一座大山

寂静之地,冥想雾与涛的涌动
落下行程的标记

倒挂的钟,时时启示我
生活还有另一个可以相见的维度

红枫

有一种暧昧,不必依靠气味、反复确认过的眼神
就占据上风

没有谁去探究一株不开花的植物
因何妖冶,路人只看到整张脸,被狂喜晕染

在冬天的入口
她迎风站立,切断所有枯败的景象
用从火中淬炼的手掌
翻越雨雪的城池

不久之后,大地会因为慈悲将她搂得更紧
为她的半生繁华作跋

看见芦笛

西风途经大运河畔,留下白色标记
四周沉默。这一切暗示:即使时光
箭头快要触及终点
仍要稳住身形
漫长一生,依水而立
揽尽两岸投来的目光
那么多船仍没有把它运送到对岸
我并不知晓
自己已被安排到时间秩序中

直到今年春天,遇到那位父亲
在芦管上教孩子挖出不完整的小洞
跳出的音符,搅动河水

插秧

水田地,不时溅起水花
几只燕子在头顶盘旋
小婶嫩胳膊细腿,沾满黑色的泥浆
奶奶手中的蓝瓷碗里白米饭真香

秋天很快就要落在树梢上
那时候,风在摇晃
稻穗轻轻地低头
大片金色的阳光,纷涌而至

这些素淡之物,一生在水中
未曾漂浮过,也从未
吹嘘过自己

听鸟叫

踱入云端
被日月沦陷的人,重提
远方之远。仿佛吃了逍遥丹,或通了还魂术

枝头的鸟,清唱几句
那个采莲的人就像节莲藕,从淤泥深处探出头
屏气凝神,跃上岸来

插图里的阵雨

油菜花盛开，这生来的小美人胚子，那么
兴奋。粉蝶
成群，愿把前世印记找回

为了得偿命里所缺
不可理喻地燃烧

而"米尼弗瞧不起追求的金子，
没金子又叫他耿耿于怀"
远处的浮萍草
呼与吸。深陷于忐忑水域

窗子摇过那幅插图
没有透露——仰脸，碰到雨

画圆

若拓印能成立
她无须把许多圆
捏在一起，变成汤圆、月饼、甜圈
还让挂在老屋上的弯月
刻意地圆

两只蛐蛐在耳鬓厮磨
那双小手
曾找来闪亮的硬币
用铅笔围着边
拓一个
不满意，随时擦掉，再拓一个

放到水塘的琴声里
晕出圈圈的圆

花瓶

被采撷的花朵
使青花瓷瓶里的水开始升温
每次邂逅,都拼尽全力
滴水观音或富贵竹
蓬勃向上
满天星明亮
不温不火的水流摆渡自身的襟怀

漫天大雪完全落下来,百花凋尽
几枝寒梅,更懂得倾听
一只插花的瓶子,谈论的话题已踱出艺术之外
甚至,踱出一座城的冬天

仲夏之夜

蒙克在画前,抱着一个人的
孤独。他把体内私藏的幽灵放在世上
黑暗正被滞留在一幅画中,像从不曾来到人间

把整出戏看作一场梦
从一场戏剧里走出来
这样的结局,谁都不想离开
他正在把融为一体的
恋人,安排在路上,供人欣赏
看不见的面孔,深陷其中

他想让自己沉睡在盛夏的夜晚,一生不必醒来

白鹭

贴近水面的翅膀拥有天光
伶仃在黑暗中找到了影子

白鹭,途经我的世界
许是从《诗经》飞出的,时而腾跃,时而曼舞
芦苇荡依然苍苍,恰好
日日在此安落

沿着湖边走
清亮的声音,在吟
"白鹭同孤洁,清波共渺茫"
看见我的人
成为光的信徒

取景框

我决定充耳不闻墙上老式的挂钟
这仅限于某种摆设

透过窗户
喜鹊登上花枝,乱颤
院子里绝佳的白犹如心境

我需要一个纯粹的取景框,阻断风声
我走在前面,雪走在我后面
一树李子花挺身在最后关头,踩着边框

蜂拥的云层扯下整个天空
真正陪你看雪的只是你自己

初心

擦拭傍晚的雨,像泪
泥土里的一扇小门,慢慢挪动

他们在漆黑的道路上摸索太久
历尽剥离之苦,那所空房子
风一吹
尘埃,雨水,陆续灌注其中

我常发呆,在肉身出走后
灵魂去了哪里
高低起伏的呐喊声,多说无益,那双
眼睛,或翅膀
正穿过雨季,攀上一棵树的枝丫

读你,或黑暗中的光

这时候能开的花不多,开得澄明
更不多见,除了天上的白云

独行的心事
与纸伞漫过小桥时
再次读你,并以白色
在黑暗中摸索着光,或镜

看着你顶着薄薄霜露的倒影
那个内心柔软的人
站在风中,还是会莫名为谁白头

活着

清晨,阳光大口地呼出热气
析出草窠里的盐分

整个水田地,经络里的血很快断流
蚱蜢仍跳动在稻叶上
大风把镜头转过来
雨点噼里啪啦地落下
那片稻叶努力稳住身形
它见过太多伤害,水深火热中的负载

稻田泛起金色光芒
一只虫子在秋深处自渡

最小的绘本

微风是暖的
轻轻地翻开一页书

阳光下,几只蜜蜂在忙碌
春天视野开阔
没有因年久失修而停靠下来的船
浪花一浪高过一浪

整个下午
它在舔食樱桃枝上渗出的汁液
一只龟纹瓢虫,慢吞吞地爬行
没有人在意它此行的目的地

它是我见过人间最小的绘本
体色艳丽无比
没有半点阴影

掩盖

借一场大雪出门
把历程中所犯的错误
全部归还
旷野。让纯洁覆盖万物

把白穿在身上,让内心
没有污点

再沿着一个人的泪痕
返回庭院,看雪的缓慢
压伤一棵青松和身体里的冷

小生命,或不能承受之轻

躺在石阶上的,是被遗弃的白色蝴蝶标本
她闭着眼
像真的
睡着了。不再挥动翅膀

如果有人经过
必定会踩伤她的美丽

小路的尽头是黄昏
蝉鸣在柳树上,做着盛大的道场
也不知是否能将她渡到另一个春天
树下几个豁背的蝉壳,也仿佛在祈祷

我们,都是些毫不相关的路人

谷雨

春天穿过的花园
来不及赶上蛙声铺开池塘

接纳从火中取栗的疼,忽略
身体里抽出麦芒的尖锐
孕育珠圆玉润,小心干燥

想到这场雨是奔着一团火去的
哪怕夜晚掏出黑的底色
偶尔也会抬头看星星

拨离云层,来到地面
它们一生都爱在生命的低洼处

自白

庭院不大，墙角吐蕊的梅花
站在朔风中
近在咫尺

幽香的领地，赦免正下坠的阴雨
那怀抱
是敞开的，不留余地

我要率先以雪的姿态，跳舞
找到之前曾在此
停留过的离雁，或背上的白

五月，河岸抱住几滴雨

一条河，因了两千年前的
一个背影愈加绵长

龙舟、粽子，铺开的荷叶覆盖不住
天上的眼泪。艾草馥郁的力量，似在宽慰后面赶路的人

河边露出七尺高的菖蒲，挺拔如松
恰如一面镜子缓缓地仰视

几滴雨飘落下来，清洗着檐下那抹绿

盲区，或庙宇

露珠，就要在草尖上苏醒
风还没吹下来

乌云穿着灰色的木屐
跑来跑去。出门忘记带伞的小蚂蚁
弓下身子
躲进一间蘑菇房子里，暗示我

这是一座人间最低的庙宇
深埋黑暗和曾经的远足。矮小的
雨声收留过汪洋大海

夜鹭

在大地上,标出
地图上的无意义的点
沿着一条小路
拐进一片沼泽

避而不谈额头上的霜
遮住半边脸的月
那对飞翔的翅膀
无论怎么抬高角度,身体都有些驼背

对他来说
别人都睡下了。生活才开始
头顶上两根从体内生出的白毛
无从追溯,却也不曾被夜色染黑

允许

夜色慢慢淡下来,小池格外清朗
四周惝恍,但池水无波

月亮,缓步从天空走下来
子子的身影看见
风荡过秋千,青蛙跨过荷叶

独自坐在夏天的人,掸掉指尖上的烟
像掸掉快要落下来的潮湿

阵阵蛙声,提醒我
一生即使普通,也允许内心的语言
先沸腾起来

声声慢

离柳树湾更近了,扛锄的乡亲经过
高高的土堆,那片雏菊的白
攒足了对活着的想念
连夜赶往人间
合身的阴雨
反复被他穿在单薄的身上

西风漫卷田野,荒草倒伏,前尘往事
一块碑文,占据了各自的领地

误伤

午后,山谷里的回声独自空荡
有时因落雨延误,应答未果
上山者,避不开荆棘载途

有些花拥有带刺的身体
两个中年女人谈及玫瑰和蔷薇

不设防地生长,义无反顾地热爱
有一刹那,她们仿佛是悲悯自己

其中一朵说,等我凋谢了
各种刺伤你的地方,痂也自会脱落

良辰

栈桥上的风真干净,闲置的小艇
渴望有人入住

说服自己,把琐碎
或日常余下的烦恼,先放进来
经历半日的颠簸,把灵性的水花揽入怀中
水流跌宕起伏,看似无根
其实,万物有自己的来处

直到他完全退让了生活,空着两手
一个人往回走

凌霄花

落下来的雨,像密电
没有任何思想
被雨加持的翅膀,悬挂在寂静的墙上

午后,昂首高处的箭镞
有了攀岩的勇气和力量
凝立这无比壮大的队伍
陡地为胆怯的、颓唐的自己羞愧

花枝旁逸斜出
只是默默地遮住大片斑驳,或伤口